Para Amparito,
por todo su amor.

JORGE MONTIJO

CUENTOS PARA GENTE CON PRISA

BOGOTÁ • WASHINGTON, DC • SAN JUAN DE PUERTO RICO

ISBN EDICIÓN IMPRESA EN ESPAÑOL: 9798657260915
ASIN EDICIÓN ELECTRÓNICA EN ESPAÑOL: B08CCLLRG1
ISBN EDICIÓN IMPRESA EN INGLÉS: 9798679318045
ASIN EDICIÓN ELECTRÓNICA EN INGLÉS: B08GQHLHR7
(WHEN CRUMBS FALL AND OTHER STORIES FOR PEOPLE IN A RUSH)
ISBN EDICIÓN IMPRESA BILINGÜE (ESPAÑOL E INGLÉS): 9798685085269
ASIN EDICIÓN ELECTRÓNICA BILINGÜE (ESPAÑOL E INGLÉS): B08JK3CYX3

CONTACTO

cuentosparagenteconprisa@gmail.com
Canal YouTube: Jorge Montijo
Instagram: cuentosparagenteconprisa

DISEÑO

Jorge Montijo

ILUSTRACIÓN DE PORTADA

Camila Rivera Torres

Edición impresa en español, inglés o bilingüe disponible en la página local de Amazon en los siguientes países: Estados Unidos, Reino Unido, Canadá, España, Alemania, Italia, Francia y Japón.

Edición de libro electrónico en español, inglés o bilingüe disponible en la página local de Amazon en los siguientes países: Estados Unidos, Reino Unido, Canadá, España, Alemania, Italia, Francia, Japón, Brasil, México, Australia, India y Países Bajos.

Para el resto del mundo, adquiera su copia electrónica en:
amazon.com/author/jorgemontijo

Disponible para miembros de Amazon Kindle Unlimited.

PRÓLOGO

La sencillez de la vida ha sido alterada en las urbes modernas y, los actos que en algún momento dimos por sentado como los más elementales de nuestra realidad humana, se han vuelto tan complicados que es necesario contratar expertos para socorrernos.

Es así como hoy tenemos especialistas que nos buscan la pareja sentimental ideal, nos asesoran en el uso de nuestra vestimenta o nos diseñan e indican la manera correcta de sonreír. Las historias que aparecen en **CUENTOS PARA GENTE CON PRISA** van al grano y provocan reflexiones humanas conforme el trasfondo del lector.

En este intento el autor solo procura que el simple acto de leer un libro no se transforme en un evento imposible que necesite otro experto.

La similitud de la conducta humana queda retratada en la redacción de estas historias que han ocurrido, ocurren y pueden ocurrir en Bogotá, San Juan de Puerto Rico, Washington, DC y cualquier otro punto geográfico del planeta.

Deseo que se integren al maravilloso mundo de la literatura por medio de las interpretaciones que mi libro pueda provocarles.

JORGE MONTIJO
Virginia, agosto 2020

ÍNDICE

*...Y se encontraron en el mecedor
del viento y nunca más
regresaron a los tiempos
del transporte con
energías no renovables.*

Jorge Ruiz, **LOS CUENTOS DEL MECEDOR DEL VIENTO**

(Editorial Viento, Barichara, 2023)

LA CASA SIN SOMBRAS

El niño se percató de que el adulto que él será dentro de veinte años está flotando sobre la casa y ha estado observando su infancia desde mucho antes de llegar a la puerta principal.

La casa está sola. No llamó. Sabe que no hay nadie. Recordó que la puerta lateral de la cocina siempre está sin seguro. Entró por allí y vio la silla con patas de aluminio donde ella se sienta. Avanzó y bordeó el tope de la cocina hacia la sala y, en la esquina al lado derecho de la puerta hacia el balcón, se fijó que sigue la vasija transparente llena de agua cristalina. En la esquina opuesta está la nube de moscas fruteras que custodia la montaña de manzanas, peras y bananos que descansa sobre la bandeja de aluminio.

De pronto se asomó una pregunta en su rostro. Sabe que esa ya no es la casa de la abuela. Pensó que en algún momento puede llegar el nuevo dueño y sorprenderlo. Pero no, nunca ha visto a nadie por allí y todo permanece igual. La mejor evidencia es que las ofrendas a los santos siguen intactas.

Ahora camina hacia su izquierda y si-

11

gue al fondo. Le llama la atención que la luz solar es tan abundante que no permite sombras a pesar de sus movimientos y de que los rayos provienen de diferentes direcciones. Pasa frente al baño de la ducha diminuta y –antes de llegar a la alcoba sin puerta donde hay una cama litera, otra sencilla y el abanico de pared listo para aniquilar el paso de los mosquitos cuando alguien lo ordene– se pregunta cómo es posible que ella quepa en esa ducha.

Al lado derecho ve entreabierta la puerta de la alcoba de la abuela. La abre por completo y se topa con la cama de pilares y el espejo del tocador. Allí tampoco hay sombras. Luego de corroborar se convence nuevamente que todo sigue igual. Casi se le olvidó la puerta que está frente al baño. El candado cerrado que cuelga de la aldaba permanece tal cual como la última vez que estuvo.

Lo único que le incomoda ahora es sentirse observado incesantemente por el adulto que él será dentro de veinte años y que continúa flotando sobre la casa. Pero reflexiona y concluye que eso no merece atención. Para evitarlo, decide despertar. En algún otro momento regresará y de seguro que no lo verá. Entonces podrá quedarse a pernoctar como ha hecho durante muchos años.

14

LA MUJER QUE NO QUEDABA EMBARAZADA

Eran pareja. La primera semana de aquel año me invitaron a ver la casa modelo en el conjunto cerrado aún en construcción donde ya habían pagado la cuota inicial.

A pesar de que ya era una venta realizada, el vendedor se acercó con el mismo ímpetu que tuvo la primera vez que ellos pasaron a ver el modelo y esta vez estuvo conmigo explicándome la técnica usada en el detalle que se destacaba en cada uno de los espacios.

Al llegar a la habitación matrimonial me miró ceremoniosamente a los ojos y me aseveró sin pestañear que la madera respira como los humanos, por eso no se le puede sellar con lacas porque al hacerlo la humedad acumulada en el interior eventualmente la pudre.

Ella era médica oncológica y él médico obstetra, veinticinco años mayor que ella, y tenían decidida la intención de comenzar juntos una familia numerosa.

Fue en aquella visita que supe entonces de la imposibilidad de ella para quedar embarazada a pesar de la fogosidad diaria que mantenían en la cama desde hacía un año y a pesar de que él había te-

15

nido tres hijos en su matrimonio anterior, por lo que de primera instancia las dudas sobre infertilidad solo recaían sobre ella.

En los días previos habían recibido la noticia del fracaso del que fue el último intento de fecundación in vitro. Ahora tocaba buscar opciones. Él le propuso hacerle un raspe vaginal y un tratamiento hormonal. Ella propuso que era momento de explorar la adopción.

Sentirse señalada como incapaz de quedar embarazada comenzó a pasarle una factura de derrota. Anhelaba desde hacía 10 años tener un hijo y fue posponiendo el plan por razón de su carrera. Ya no quiso esperar más.

El sábado siguiente salió sola a visitar un orfanatorio regido por monjas. Desde allá llegó con un niño de 15 meses para apadrinarlo durante una semana. La experiencia fue frustrante porque la criatura cargaba desde el vientre con los episodios de ansiedad que sufren los adictos a la heroína.

Su desespero iba en aumento y tres semanas después volvió otra vez un sábado donde las monjas, pero no había ningún infante disponible para apadrinar en esos días.

En su camino de regreso a la ciudad se detuvo en El Café de Oro para calmar el hambre que traía desde la mañana. Ordenó un sándwich cubano que no pudo terminar de comer. Unos minutos después de recibirlo comenzó a ver cómo caían al suelo desde sus labios una a una las migas del pan al que había dado el primer mordisco: estaba ahora en el almacén de la cocina en posición encorvada con sus brazos extendidos hacia atrás y apretan-

17

do contra sí las caderas del mesero que la había atendido. Un torrente caliente se

18 zambulló entre sus piernas una y otra vez hasta que se percató que ya no seguían cayendo más migas. Fue entonces cuando se enderezó, se reajustó su ropa interior y su vestido, regresó a su auto y continuó su ruta. Su primer hijo nació en octubre.

EN LA LIMUSINA NO HACE CALOR

T odo estaba planificado para un sábado en la mañana a las 10:00. De esa manera evitarían el trancón de la tarde y además podrían tomar el vuelo en la noche con destino a Barcelona para la luna de miel. Blanca ya se veía en el Mare Magnum el domingo saboreando chipirones y bogavantes. Su amigo Nico le

19

había hablado con tanto detalle sobre la ciudad que, a pesar de que esta sería su primera vez, ya sentía que la conocía. Por eso ya sabía la tarjeta del Metro que necesitaba comprar en El Prat para llegar a la ciudad. Siempre le gustaba la idea de moverse en transporte público cuando iba a otro país para conocer el día a día de sus habitantes.

Fue así como conoció a su prometido. Ella estaba trabajando para una firma legal en Nueva York cuando le ofrecieron entrevistar unos clientes en Colombia. Hasta allá llegó y en la estación Industriales del Metro de Medellín reconoció el acento de su tierra en un hombre que preguntaba por el costo del boleto pero que parecía no entender lo que le decían. Le pareció guapo por demás. Manos impecables, buenas maneras y voz musical al oído.

—Es casi un dólar —le dijo ella al acercarse.

Él vio ante sí un ángel sin alas que para colmo hablaba en su acento caribeño.

—Es que aún no entiendo cómo funciona el cambio de pesos a dólares —le respondió.

De paso le regaló una sonrisa que a ella le pareció la suma de la perfección cuando la añadió a los atributos que ya había destacado en él.

Llegaron juntos a la estación El Poblado. En el corto tramo se enteraron que ambos habían crecido en San Juan pero llevaban ya varios años trabajando por diferentes ciudades suramericanas según fuera requerido por sus respectivos patronos. Él se llamaba Ricardo. Vivía en Washington, DC y nunca había pensado

21

en la posibilidad de conocer en ese contexto a la mujer que sería su prometida **22** unos nueve meses después.

Ya eran las 10:30 y Blanca seguía dentro de la limusina. El aire acondicionado del vehículo aún la mantenía fresca a pesar de las pulsaciones rapidísimas que le causaba la espera. Llevaba un vestido de novia discreto, justo a los tobillos, tirantes anchos entrecruzados al frente y a la espalda con hombros al aire. Una vez terminada la ceremonia tenía todo el propósito de verse corriendo libremente llena de felicidad junto a quien habría sido su esposo por entre la doble hilera de robles florecidos que quedaba a la salida lateral izquierda de la iglesia. Por eso había elegido ese vestido, pues no quería que uno tradicional de cola y encajes arruinara ese deseo que siempre había tenido desde el primer momento en que asistió a esa iglesia. Bien sabía que ese momento era una sola vez en la vida, tal como le repetía una y otra vez la tía Hortensia.

Adentro en la iglesia el calor comenzaba a incomodar a los invitados. Todos eran familia de Blanca. Estaba la tía Dilma al lado de la tía Hortensia, siempre inseparables. El papá de Blanca había subido hasta el altar unos segundos antes para hablar con el padre Ángel. Las tías miraban con curiosidad al señor que estaba sentado en una de las banquetas traseras. Se le notaba un enorme deseo de pasar desapercibido. Nadie sabía quién era, así que decidieron unánimemente adjudicarlo como el único familiar presente del novio.

Cuando la tía Dilma iba a añadir la posibilidad de que tal vez era un feligrés

23

acostumbrado a las misas mañaneras de los sábados, regresó su hermano.

24

—Donde quiera que lo agarre lo voy a matar —dijo mirando al resto de sus familiares.

El padre Ángel me contó cinco años antes de morir que esa había sido la ocasión más triste de su sacerdocio. El prometido le había llamado para decirle que no iría a la ceremonia. Igual de triste fue la ocasión en que el señor que se sentó en la última banqueta el día de la boda le pidió ir a su casa para rezar la novena de su esposo Ricardo.

MOVIMIENTOS CIRCULARES

Qué jodedera la de esos cabrones!
—murmuró con una sonrisa amplia
cuando añadió la letra a la melodía que
venía tarareando y recordó a los cantantes de la orquesta en la tarima cuando
fue al baile la semana pasada.

Tata tatatá tátara ta taaa ta

Tata tatatá tátara ta taaa ta

25

26

Así tarareando entró a su área de trabajo. Vino por toda la Calle Fortaleza desde la Plaza Colón celebrando el amanecer tan hermoso con la melodía del éxito musical del momento.

Comenzó a ponerse el delantal mirando hacia la calle y de pronto la silueta de una mujer le nubló la mañana. La vio venir desde la esquina opuesta a la calle San Francisco a través de la enorme ventana del viejo edificio colonial, sellada con vidrio, que funcionaba como escaparate. Llamó la atención a su compañera de ventas en la sección de bisutería de la farmacia para señalarle a la mujer que había visto segundos antes y le dijo que no sabía su nombre, pero le incomodaba mucho cada vez que venía porque solo preguntaba por precios y nunca compraba. Solo rogó en ese momento que el destino de la señora en esa mañana no fuera su mostrador de bisutería.

—A veces me tiene ocupada una hora mostrándole los collares, se los pone, se mira al espejo, mueve la boca de izquierda a derecha, frunce las cejas, pregunta si le luce bien y vuelve a preguntar si le queda bonito. Porque —le explicó un día— no es lo mismo que luzca bien a que quede bonito. Cuando creo que va a comprar me dispara sin piedad la frasecita: ¿y por qué tan caro? —le dijo en tono de queja, pero casi susurrado a Dora.

Un día hizo amague de quejarse frente a don Jaime y este le advirtió que nunca se le ocurriera hacer sentir mal a la señora y que era obligatorio atenderla como si fuera la cliente que más compraba.

—En ese caso entonces no me hostigues requiriendo informes de eficiencia de ventas. Sabes que viene religiosamente todos los sábados y siempre es la misma historia.

28

Debido a esa advertencia mantenía solo para sí el mote con el cual la había bautizado: Porquétancaro.

No sabía la razón de su jefe para advertirla de esa manera, pero había aprendido que en ese trabajo no era bien visto hacer preguntas.

La alegría mañanera no se le apagó del todo porque volvió a mirar por la ventana y vio que la señora tomó un rumbo diferente.

—Qué alivio, al fin un sábado tranquilo —pensó.

Además, una invasión de turistas recién llegados en el crucero comenzó a ocuparla por casi dos horas y compraron muchos de los nuevos collares de jade.

Tata tatatá tátara ta taaa ta

Tata tatatá tátara ta taaa ta

Estaba comenzando otra vez a animarse con el tarareo que trajo temprano en la mañana cuando llegó la señora que hubiese querido evitar aquel sábado, acompañada de un hombre que a todas luces parecía su enamorado pues venían tomados de mano y momentos antes se habían besado de pico cinco veces. Él se retiró hacia el recetario tan rápido vio que su amada tuvo la intención de ir a la sección de bisutería.

La alegría mañanera pareció apagarse. Tocaba hacer uno de sus mejores esfuerzos para hacer cumplir la voluntad de su jefe. Como si se tratara de una repetición exacta de lo que le había comentado a Dora casi tres horas atrás, fue sacando casi mecánicamente uno a uno todos los collares que le solicitó la señora.

Tata tatatá tátara ta taaa ta

30   *Tata tatatá tátara ta taaa ta*

La melodía le sonó en el fondo de su mente otra vez. La clienta ya se los había puesto, se había mirado al espejo, había movido la boca de izquierda a derecha, había fruncido las cejas, le había preguntado dos veces si le lucía bien, volvió a preguntar si le quedaba bonito —llegó el momento de hacer la salvedad de que no es lo mismo que luzca bien a que quede bonito— y cuando estaba lista para preguntar, ¿por qué tan caro?, apareció su enamorado. Entonces hizo una pausa, se acomodó el cuerpo de la cintura hacia arriba, reposó sobre el mostrador y lanzó la pregunta frente a él.

Dentro de la alegría recuperada por verse tarareando la melodía en su mente, la vendedora respondió sin traicionar las advertencias de su jefe.

—Caras no están, señora. Otra cosa es que usted no pueda pagarlas. Caras no están.

Se sintió tan feliz que se vio bailando en tarima junto a la orquesta y escuchó a unos de los cantantes repetir tres veces "¡mi madre!" cuando ella aceleró el movimiento circular de sus caderas para ponerse a la par con la entrada musical de saxofones, trompetas y trombones en el final de la canción.

Tata tatatá tátara ta taaa ta
Tata tatatá tátara ta taaa ta

32

PREGUNTAS TARDÍAS

El doctor Roberto Mangual repitió la pregunta dos veces, pero el prometido de su hija no pudo responderle. Murió tirado en el suelo luego de caer sobre su lado derecho desde la silla del restaurante. Pero antes hizo un pequeño giro a su izquierda, quedó boca arriba y comenzó a buscar oxígeno moviendo sus brazos como si estuviera nadando debajo del agua.

—¿Pero eres alérgico a los crustáceos?

Como parte de su estrategia para ser candidato presidencial, Roberto había planificado una cena en un restaurante de la costa para proyectarse públicamente como hombre correcto y familiar.

"Dr. Roberto Mangual, hombre de familia", escuché que le dijo a su estratega de campaña cuando lanzó la idea de la cena e imaginó el titular en la prensa al día siguiente.

En efecto, el lunes la portada de todos los periódicos nacionales daban parte del evento. "Muerto en sus manos", rezaban idénticos los titulares. Aún hoy no he logrado descifrar, luego de treinta y dos años, la razón para tanta coincidencia.

LA MORAL SOY YO

Hoy martes me voy temprano del trabajo, dejo el carro en la casa de Ana y me voy caminando hasta mi casa para corroborar lo que me dijeron. No me gustan los comentarios que llevo escuchando desde hace dos semanas.

Ana ya respondió a mi mensaje de texto y está muy contenta de que voy hoy. Muy pícara ella, me dijo que me espera de forma especial con el juego de ropa interior que le regalé. Pero hoy no. Ya le expliqué lo que quiero hacer y no puedo quedarme. Aunque tal vez cuando regrese a recoger el auto pudiera estar un buen rato.

No voy a dejar que se ponga en duda mi moral. Le avisé a mi esposa que cuando yo llegue vamos a mantener las puertas y la parte inferior de las ventanas cerradas y sin rastros de luces encendidas, como si no hubiera nadie en la casa. Así podremos cotejar si es cierto lo que dicen.

—¿Cómo puede ser tan atrevida? —preguntó mi esposa cuando le conté lo que comentaban en la calle.

A las cinco de la tarde escuchamos que llegó y abrió la puerta de su apartamento que queda en el nivel inferior de mi casa.

Pasaron cerca de quince minutos cuando oímos que un hombre la llamó por su nombre desde la acera. Ella salió y estuvieron hablando casi media hora. Lo hizo muy cómoda porque en sus adentros no imaginó que yo y mi esposa estábamos adentro en la casa sin dar pistas.

Efectivamente, lo que decían es cierto. ¿Cómo se atreve a poner en juego nuestra moral familiar? Ahora todo el mundo comenta que la hija de uno está como una cualquiera coqueteando e insinuándose a cualquier hombre que aparece y la llama a la puerta.

Definitivamente que no. Esto no lo voy a tolerar. Mañana voy a esperar a que ella se vaya primero, entonces bajo y le corto la luz. También el agua.

Por lo pronto me voy ahora a recoger

el auto, pero antes texteo a Ana para que

me reciba como sugirió hace tres horas y

me quedo a dormir en la noche.

38

CÁSATE CONMIGO

C uando despertó lo único que recordó fue la frase llena de odio luego de sentir el tiro que atravesó su espalda.

—Te lo advertí hijo de puta. No te metas en mi negocio.

Su mejilla babeada besaba el cemento frío y nocturno de la acera cuando llegó una ambulancia lloviendo luces rojas.

Afortunadamente el arma era calibre 45 y él estaba en una posición diagonal a la trayectoria de la bala, que se alojó milagrosamente entre sus órganos sin causar daño. Eso le explicó el médico que lo atendió.

—Sin embargo —continuó— la bala no puede ser removida y sentirás una molestia constante en la espalda el resto de tu vida.

Tenía escasos treinta y un años. Una infancia en la Valencia franquista en un hogar con madre cabeza de familia le había condicionado a sentir una inmensa pena por las putas. Ese había sido el diagnóstico de la sicóloga cuando tenía 15 años y se apareció en la casa con tres de ellas para salvarlas de una vida llena de humillaciones.

Pero esta última vez todo había sido diferente a aquella vez en su adolescencia. Ahora está en el Caribe, exiliado, soltero, sin madre a quien ocupar y enamorado de una puta apodada La Tata.

40

Comenzó a rondarla en su área de trabajo después de pagar por sus servicios un mes atrás. Le atraía la inmensa pena que le inspiraba y también que desde el primer momento en que la conoció siempre le habló mirándolo a los ojos. Fue al cabo de la segunda semana que recibió la primera advertencia. Se le acercó el chulo y le contó que su presencia había alejado a varios clientes de La Tata.

—Es mejor que no vengas por aquí —le dijo—. Estás perjudicando mi negocio.

A La Tata le gustaba verlo en la esquina diagonal opuesta porque se sentía apreciada por primera vez. Cuando su jefe no estaba lo llamaba para escucharle el acento que tanto le gustaba, en especial cuando le susurraba al oído "cásate conmigo".

—Es fin de mes y no me has producido el dinero para la renta —le dijo el proxeneta una hora antes.

Ella sabía la causa, pero se sentía tan bien cada vez que su enamorado cruzaba la calle para susurrarle y rozarle la espalda con la yema de los dedos que no tuvo valor para usarlo de excusa por su incumplimiento.

—Ya verás, con dos noches se arregla el mes —le respondió.

Esa madrugada, en la soledad de su habitación, por primera vez comenzó a considerar con seriedad lo que aquel joven le susurraba al oído cada vez que cruzaba la calle y llegaba hasta ella. Ningún cliente le había hablado antes desde el corazón.

42

—Cásate conmigo —dijo en voz alta para sí.

Lo repitió hasta que perdió la cuenta y en ese momento se preguntó: "¿Por qué no?"

Así la atrapó el sueño un poco antes de salir el sol. Se levantó muy contenta en la tarde tarareando un bolero de Tito Rodríguez.

Decidió no usar esa noche pantalones ajustados. Su ánimo estaba de faldas floreadas largas hasta el tobillo y sandalias. Así era como recordaba que vestían las universitarias que pasaban frente a su casa cuando era niña. La idea de ir de faldas no le agradó a su jefe.

—Así no vas a cuadrar el fin de mes —le dijo tan pronto vio su atuendo.

Ella conocía el negocio muy bien. Era viernes de quincena. Con esa esperanza llegó temprano a su esquina. Pasaron varios de sus clientes más fieles, pero no hicieron compromiso. A las diez llegó su enamorado hasta la esquina diagonal opuesta.

En una falsa salida, el chulo hizo amague de ir hacia su otro punto de control. El enamorado comenzó su estrategia de movimiento cruzando diagonalmente desde la esquina opuesta hacia La Tata. El tiro lo alcanzó justo cuando se giraba para susurrarla al oído. Mientras se desangraba, el proxeneta se acercó, le lanzó todo el odio verbal que le reventaba hacía días, y se llevó a La Tata por el brazo para que atendiera un cliente recién llegado con el cheque de la quincena.

43

44

YO NO CUIDO ENFERMOS

S e negaba a visitar al médico para escuchar lo de siempre: "gripe severa, tal vez dengue", murmuró para sí que le diría el galeno.

La vez que cenamos en La Bonga del Sinú me contó que en ese momento fue que su esposa apareció con una mirada de urgencia, como si tuviera necesidad de ir al baño.

Él sonrió, le señaló lo bonito que había florecido el ave de paraíso y le dijo que lucía más hermosa que la flor. La mirada urgente se verbalizó en una frase aniquiladora.

—Yo no cuido enfermos.

Un domingo, después de recuperarse de su enfermedad, agarró del interior de su maletín tres llaves, salió en su auto y nunca regresó.

Al cuarto sorbo de su cerveza artesanal Bruder me contó que la única vez que volvió a saber de ella fue diez años atrás leyendo El Espectador, donde se relataba la triste historia de una mujer que había muerto por causa de un extraño virus y no había pasado nadie a reclamar su cuerpo.

45

EL LENGUAJE ABSTRACTO DE LA SEÑORA ROMERO

¿Te acuerdas cuando me agarraste el culo? —preguntó apenas me reconoció.

La aseveración me dejó boquiabierto. La dijo con tanta seguridad que de primeras acepté el hecho. Pero una piedrita se quedaba en el zapato e inmediatamente comencé un análisis de mi persona. ¿Yo un agarra culos? En mi autoexamen no encontré ni un solo momento en donde cometiera tal acto sin el debido consentimiento de la otra parte. El episodio más cercano con tema similar que se presentó en mi banco de datos cerebral fue el de Mario, que una vez me contó que iba caminando por la acera frente a la antigua lotería en Río Piedras y sin permiso alguno le agarró las tetas a una mujer desconocida con la que venía hablando. Luego echó a correr.

Para confirmar mi conclusión inicial hice un segundo escaneo mental, algo así como las revisiones de mantenimiento que tanto hice hace muchos años en el disco duro del computador con la aplicación de Norton Utilities. Esta vez veía al Dr. Norton yendo por secciones de mi cerebro y mientras avanzaba cambiaba de

47

color el área ya revisada hasta que al final todo quedaba en un color sólido —azul si mal no recuerdo—. Una vez terminó la prueba de cotejo cerebral, lancé la pregunta.

—¿Y cuándo fue eso?

Se llamaba Claudia. Aún conservaba la belleza que me había hecho concluir que era la mujer más hermosa que había visto en el primer día de clases en la nueva escuela intermedia donde empezaría a cursar el séptimo grado. Aquel día estaba sentada justo frente a mí. La clase había comenzado con un repaso de las normas sobre sujeto y predicado.

—Agua pasada —dije entre murmullos.

Inmediatamente me preparé para una jornada relajada pues la clase duraba hora y media y apenas habían pasado 5 minutos. Me recliné, estiré las piernas y metí mis pies entre las rejillas de la canasta inferior del pupitre de Claudia.

La Sra. Romero empezó con los ejemplos sobre el predicado. Iba buscando miradas cómplices de entendimiento entre los nuevos estudiantes. Yo le regalé una. De pronto Claudia saltó de su asiento y caminó directo hacia la maestra. Solo se escuchó un susurro que no permitió a nadie en el salón especular sobre qué habían hablado. Al cabo de un segundo de ella regresar a su asiento, la Sra. Romero me lanzó una orden con mirada de regaño.

—Usted, ¡siéntese acá!

En ese momento comencé a sospechar que algo no andaba bien. Ya sabía por experiencias previas que los adultos gustaban de usar el pronombre "usted"

49

como código de antesala a algún problema.

50

Al finalizar la clase la maestra me solicitó una conversación en privado. Recitó un cúmulo de objeciones y reprimendas abstractas que sólo pude entender en el momento preciso en que Claudia obvió contestar mi pregunta y en cambio me pidió pasar por su casa en la noche para terminar lo que en su creencia había comenzado dieciocho años antes.

MIRADA EN SEGUNDO PLANO

Habían pasado veinticinco años desde la última vez que hablé con Paola en la escuela primaria. Y ahora estoy en la calle Recinto Sur del Viejo San Juan, ella en dirección hacia mí haciendo señas a lado y lado con su mano derecha para llamar mi atención. A medida que acorta la distancia va acercando su mano al corazón en un compás perfecto de movimientos con su cabeza de izquierda a derecha, la frente arrugada y los ojos húmedos, pero sin lágrimas.

Mucho antes de abrazarnos y de ambos preguntarnos la consabida "cómo estás", en mi mente rodó una película perfecta de vivencias en la escuela en donde de alguna manera ella había participado.

La recordé cuando jugábamos béisbol en la hora del recreo. La palma de la mano de cada cual fungía como bate y la bola era hecha de los vasos de cartón encerado donde servían el "cool it", uno metido dentro del otro y comprimidos a la saciedad. Ella siempre fue de las mejores bateadoras y jugar en el mismo equipo era una victoria asegurada.

Recordé su mirada sostenida con la

mía la vez que la maestra de español en el cuarto grado nos obligó a escribir nuestro nombre en un papel para llevarlo donde un amigo experto que descubriría mediante el estudio de la grafía quién había sido el estudiante que escribió en la pizarra "culo".

Estaba en la escena donde ella hacía un resumen en quinto grado del cuento sobre la vida de Confucio, cuando su abrazo me regresó a la realidad. Lo sentí cargado con una pena inmensa.

—Te debo una disculpa —me espetó.

No tenía recuerdos negativos de ella, y mucho menos luego de tantos años. Y sin poder evitarlo empecé una nueva película con miles de conjeturas. La situación me era similar a un episodio de telenovelas cuando le dicen al protagonista: "Roberto Luis, voy a tener un hijo tuyo". Pero luego de tres segundos desde su oferta inmediatamente intenté responder algo que pudiera romper su angustia.

54

—Gusto en verte.

Bajó la cabeza y la mirada y la mano derecha quedó en posición de saludo militar frustrado.

—Quiero que sepas que por una mentira mía la maestra de español en la primaria te insultó a más no poder.

Mi película de eventos infantiles junto a ella no había incluido esa escena. Era obvio, pues recordé en el momento ese insulto y si algo se me hizo claro fue que ocurrió a solas y que nunca supe la razón para ello. ¿Cómo se había enterado?

De pronto me invadió una carcajada al revivir la situación en un segundo. Me vi pequeño mirando hacia el techo y alcancé a ver en primer plano el dedo de la maestra de español en un movimiento hacia arriba y hacia abajo nítidamente coordinado con palabras divididas en sílabas que hasta ese momento eran prohibidas para todos. Luego, de fondo en segundo plano, alcancé a ver su dentadura bañada en saliva y su lengua recogiendo el exceso. De a golpes le resaltaba un brillo en el colmillo derecho o tal vez en el diente al lado del colmillo derecho.

—Es oro —pensé.

De pronto empezó a inundarme una curiosidad de adulto que canceló todo el recuerdo.

—¿Y cómo sabes que me insultó?

Aún ensimismada en su acto de expiación, en solo un segundo Paola tuvo tiempo para tragar saliva, oxigenarse, levantar la mirada a mi par y confesarme con una amplia sonrisa que fue ella quien ideó

55

matonear a la hija de la maestra con el

apodo inmisericorde con el cual hoy to-

56 davía muchos la nombran.

ME APETECÍA MARISCO

Su cuerpo quedó atrapado en el asiento del conductor, con la garganta perforada por un pedazo de metal del vehículo contrario que semejaba una alabarda tal como las que recuerdo que usa la guardia suiza en el Vaticano.

Había salido con quince minutos de

antelación de su última clase en la facultad de derecho para evitar el trancón de las cuatro de la tarde. Quería llegar mucho antes que su esposa para cocinarle un plato especial y sorprenderla con los olores culinarios de su preferencia justo cuando abriera la puerta de entrada.

A la altura del segundo peaje camino a la casa hizo una revisión mental de los ingredientes disponibles en la cocina. Se convenció que había lo necesario para preparar un entrecot. Ya eran las 4:30 cuando llegó a su morada.

—Tiempo de sobra —se dijo—. Ella llega a las cinco con veinte.

Dejó sobre la mesa del comedor su maletín, se arremangó hasta pasados los codos y comenzó su objetivo: aceite de oliva extra virgen curado en ajo y sal marina, el filete vuelta y vuelta máximo dos minutos cada cara para evitar que pierda su jugo, tal como a ella le gusta. Siempre recuerda que al voltearlo no debe pincharlo por la misma razón.

Al momento de pensar en la guarnición no encontró opciones. Retiró el sartén del fuego, lo cubrió con una tapa y volvió a su carro. Empezó a salivar como perro de Pavlov con la idea de unos espárragos frescos salteados con la porción de salsa de tamarindo que sobró el fin de semana. Su gozo gastronómico quedó cancelado cuando miró la hora.

—Cinco con cinco, lo puedo lograr en quince minutos —pensó.

Le agarró el semáforo en verde. Llegó al estacionamiento. Salió, cerró la puerta y trotó hasta la entrada del mercado. Por suerte la sección de frutas y verduras está justo al entrar. Agarró los espárragos, se dirigió a la fila de pago automático y salió de regreso al auto.

—Cinco con trece, nítido —dijo a su pensamiento.

A las cinco y dieciséis un camión de volteo en la dirección contraria usó su auto para contrarrestar la velocidad incontrolable que traía y lo convirtió en un cuerpo tieso enclaustrado en la cabina del conductor.

Cuatro minutos después su esposa entró a la casa, la curiosidad por el olor la llevó hasta la cocina, levantó la tapa del sartén y dijo para sí: "me apetecía marisco".

Jorge Montijo es orgullosamente una de las más de 8 millones de formas de ser puertorriqueño. Motivos personales muy poderosos lo mantienen viajando entre Puerto Rico, Colombia y los Estados Unidos, lugares de los cuales surgen algunas de sus historias después de presenciar las escenas teatrales de la realidad humana.

Como inmigrante, ha experimentado el brutal peso de ser culturalmente diferente dentro de la sociedad estadounidense. Pero, paradójicamente, ***CUENTOS PARA GENTE CON PRISA*** quiere celebrar un aspecto positivo de esa sociedad: el amor por la lectura sin importar el lugar o el tiempo.

Después de casi 23 años como diseñador y editor de publicaciones institucionales y 13 como abogado, ha vuelto a experimentar el placer de ver cómo una página vacía puede transformarse en una manifestación artística con una de las habilidades más básicas adquiridas desde la primera infancia: la escritura.

BOGOTÁ • WASHINGTON, DC • SAN JUAN DE PUERTO RICO

Printed in Great Britain
by Amazon